Ilustraciones: Marifé González
Diseño gráfico y textos: Marcela Grez
Revisión del texto inglés: Eleanor Pitt

© SUSAETA EDICIONES, S.A. - Obra colectiva
C/ Campezo, 13 - 28022 Madrid
Tel.: 91 3009100 - Fax: 91 3009118
www.susaeta.com

La Bella Durmiente

Sleeping Beauty

susaeta

1 There were once a King and Queen who were very sad because they had no children. One day, the Queen had a beautiful little baby girl who filled them with joy.

2 Everyone in the kingdom was happy. The King invited seven fairies who lived in the kingdom. Each of them gave the little girl a talent so that she would be the most gifted girl in the land.

3 **W**hen the sixth fairy presented her gift, an old fairy suddenly appeared. She had been locked in a tower for fifty years so everyone had thought she was dead.

4 The old fairy approached the cradle and said: "At the age of sixteen, the Princess will prick herself with a spindle and die."

But the seventh fairy, who had been waiting her turn, hidden, said: "She won't die! She will sleep for a hundred years until a Prince awakes her with a kiss of true love."

The King ordered every spindle to be burnt. But the day she turned sixteen, the Princess entered a tower in which a woman was spinning on a forgotten spindle. The Princess went to take a closer look at it, and when she touched it, she pricked her finger.

6 The Princess fell into a deep sleep. The spell had come true. They took her to a room where they laid her on a bed made of gold and silver. The young fairy decided to make all of the people in the castle fall asleep so they would wake up at the same time as the Princess.

 7 **A**nd the castle fell silent. Everyone slept. Plants of all kinds started to grow around the castle to protect it from the outside world.

8 **F**rom that day on, the story of the sleeping Princess waiting for her Prince was passed from father to son. And so was born the legend of the Sleeping Beauty.

9 **A** hundred years later, a Prince from a foreign country was passing by. Intrigued by the legend, he approached the castle. There he found all of its inhabitants asleep, and then he finally discovered the tower where the Princess was.

10 When he entered the room, he fell in love with the most beautiful Princess he had ever seen.

He approached her and kissed her lips. She opened her eyes and immediately fell in love with the Prince.

Everyone in the palace awoke as if nothing had happened, including the King and Queen. They were moved to see their daughter with the Prince.

11 **A** big wedding was celebrated right away, bringing much joy to the kingdom. They had many children and lived happily ever after.

1 Había una vez un rey y una reina que estaban muy tristes porque no tenían hijos. Al fin, la reina tuvo una niñita preciosa que los colmó de felicidad.

2 Todos en el reino se alegraron. Los reyes invitaron a las siete hadas que vivían en el reino. Cada una de ellas le otorgó un don a la niña para que tuviese las mejores cualidades.

3 Cuando la sexta hada otorgó su don, apareció de pronto un hada muy vieja, que había estado cincuenta años encerrada en su torre, por lo que todos la creían muerta.

4 El hada vieja se acercó a la cuna y dijo:
—Al cumplir dieciséis años, la princesa se pinchará con un huso de hilar y morirá.
Pero la séptima hada, que aguardaba escondida su turno, dijo:
—¡No morirá! Dormirá cien años hasta que un príncipe la despierte con un beso de amor.

5 El rey mandó <u>quemar</u> todos los husos del reino. Pero el día que cumplía dieciséis años, la princesa entró en una <u>torre</u> en la que una mujer hilaba con una rueca <u>olvidada</u>. La princesa se acercó a verla y, al tocarla, se <u>pinchó</u> en un dedo.

6 La princesa cayó en un <u>profundo</u> sueño. El hechizo se había <u>cumplido</u>. La llevaron a una habitación donde la <u>recostaron</u> sobre una cama de oro y plata. La joven hada decidió <u>dormir</u> a todos los habitantes del castillo para que despertaran cuando lo hiciera la princesa.

7 Y el castillo quedó en <u>silencio</u>. Todos durmieron. Entonces, empezaron a crecer plantas de todo tipo <u>alrededor</u> del castillo para protegerlo del exterior.

8 A partir de ese día, la historia de la <u>princesa dormida</u> que esperaba a su príncipe fue contada de padres a hijos y así nació la <u>leyenda</u> de la bella durmiente.

9 Después de cien años, pasó por allí un príncipe de un país lejano. <u>Intrigado</u> por la leyenda, se acercó al castillo. Allí encontró a todos sus <u>habitantes</u> dormidos, <u>hasta</u> que llegó a la torre donde estaba la princesa.

10 Cuando entró en la habitación, se enamoró de la joven más hermosa <u>que nunca había visto</u>. Se acercó y la besó en los <u>labios</u>. Entonces, ella abrió los ojos y se enamoró inmediatamente del príncipe.

Todos en palacio <u>despertaron</u> como si nada hubiese <u>pasado</u>. Incluso los reyes, que vieron emocionados a su hija junto al príncipe.

11 En seguida se organizó una gran <u>boda</u> que hizo muy feliz a todo el reino. Tuvieron <u>muchos hijos</u> y vivieron siempre felices.